UNE ACTRICE

AU PARADIS.

PAR

S. CHAMPION **LAJARRY** AINÉ.

Sæpe premente Deo, fert Deus alter opem.

PRIX : 1 FR. 50 C.

Paris.

IMPRIMERIE DE A. BELIN,
55, RUE SAINTE-ANNE.

1836.

JUSTICE HUMAINE
CONNAISSANCE HUMAINE
VANITÉ

UNE ACTRICE

AU PARADIS,

PAR

S. CHAMPION LAJARRY AÎNÉ.

Sæpe premente Deo, fert Deus alter opem.

Paris.

IMPRIMERIE DE A. BELIN,

55, RUE SAINTE-ANNE.

1836.

A MONSIEUR ***.

Envoi.

C'est à vous, mon ami, que je dédie cet opuscule, rêverie émanée de mes loisirs, critique d'un scandale causé, il y a quelques années, par des ministres de la religion du Christ, scandale contre lequel tout ce qu'il y avait en France d'hommes d'esprit et d'indépendance déversa sa part de satire et de spirituelle moquerie, sujet qui inspira les Deux Sœurs de charité, dernière flétrissure des erreurs et des préjngés qui ont péri sans retour.

C'est cette œuvre si peu prétentieuse que je viens offrir, comme chose intime, comme objet de passe-temps, comme gage de mon estime profonde. Ç'aura été une bien douce consolation pour moi de croire que ces pages auxquelles je n'avais pas osé penser depuis long-temps pourraient un jour me survivre et perpétuer mon souvenir dans votre ame, dans celle d'une tendre épouse, qui réunit à l'esprit toutes les qualités du cœur, et de cette amie, qui est près de vous, qui vous entoure de ses bontés.

Conservez long-temps, mon ami, cette heureuse existence que vous parcourez et que vous avez su vous procurer par vous-même; votre cœur modeste n'est dévoré, ni de fausse science, ni de l'orgueilleux amour de la domination, ni du besoin factice d'éblouir et de paraître; vous n'avez non

plus aucune de ces sottes passions artificielles qui
s'incrustent comme des superfétations monstrueu-
ses à l'écorce de ces sociétés vieillies ; vous êtes une
nature vraie, et vous avez su demeurer sincère.
Arrivé jeune encore à un degré honorable dans l'estime publique par votre mérite et vos connaissan-
ces, vous appréciez les succès à leur valeur.

Hélas ! quand on a un peu vieilli et comparé
dans la vie, l'orgueil est bien rabaissé en voyant à
quel point le fond de nos destinées, en ce qu'elles
ont de misérable, est le même au point de départ.
Dans la vie commune, d'une même génération de
jeunesse, il semble, à voir ces activités contempo-
raines, qu'il va en résulter des différences inouïes;
mais un peu de temps écoulé, et toutes ces courbes
diverses vont se trouver réunies, tous les épis de
cette gerbe retomberont çà et là penchés, fanés,
flétris, moissonnés ! Tel serait aussi mon sort si,
par une ambitieuse pensée, je voulais quelque jour
m'élever vers les régions poétiques. Aussi ne ten-
terais-je point de raviver ces vieilles erreurs : assez
de misères et de tribulations passées; une ou deux
matinées de larmes dans la jeunesse ne sont qu'une
rosée, une matinée meilleure essuie tout, une
fraiche brise nous répare ; on oublie, on s'exhale,
on se renouvelle, on a véritablement en soi, mon
ami, plusieurs jeunesses, songez-y. Adieu.

S. Ch. Lajarry.

Saint Thomas.

Du paradis savez-vous la nouvelle ?
Ces jours derniers, une morte, encor belle,
Toucha le seuil du céleste manoir.
Elle était pâle ; et sa tendre prunelle,
En s'éteignant, jetait une étincelle
Faible et semblable au feu mourant du soir.
Le vieux Saint-Pierre, à son poste fidèle,
Par la pitié se sentit émouvoir :
— Ma chère enfant, ma belle demoiselle,
Avant vingt-ans, quoi ! vous venez nous voir !
Que je vous plains !... que la mort est cruelle !
J'aurais jadis, soit dit sans vous flatter,
Pris grand plaisir à vous ressusciter ;
Mais !... j'ai perdu ce talent efficace.
En paradis vous cherchez une place ?
Eh ! mieux que vous, qui peut la mériter ?

Vous êtes jeune, aimable, intéressante.
Mais apprenez l'étiquette, le ton ;
On n'entre pas sans avoir un patron ;
Comme à la cour il faut qu'on vous présente.
Pour satisfaire à ce devoir commun,
Parmi nos saints, n'en serait-il pas un
Qui vous connût, ou qui sans vous connaître,
Voulût de vous répondre auprès du maître ?
Je briguerais cette faveur pour moi ;
Mais un portier se tient dans son emploi ;
Je n'ai point droit à la cour de paraître.
— De vos bontés, répondit Chameroy,
Je suis touchée. Autant qu'il m'en souvienne,
Je dois connaître un saint en ic, en oc,
Dont j'étais à Paris la paroissienne...
Aidez-moi donc. — Serait-ce point Saint Roch ?
— Oui, ma demeure était près de la sienne.
A dire vrai, nous nous voyions très peu ;
Mais je payais avec beaucoup de zèle
Pour le fêter, pour parer sa chapelle,
Pour la façon d'ornement rouge ou bleu ;
Que sais-je moi ? pour l'Avent, le Carême...
Huit jours encor ne sont pas révolus
Depuis que j'ai payé certain baptême,
Vingt-cinq louis, que Saint-Roch a reçus
De fort bon cœur. — Eh ! n'en dites pas plus ;

Certes, ce saint aurait mauvaise grâce
A refuser de vous servir d'appui :
En assurance, adressons-nous à lui.
Fort à propos, voilà son chien qui passe ;
Voilà le maître... ils ne se quittent point.
— Mon frère Roch, vous venez tout à point.
J'ai dans ma loge une charmante dame
Qui vous connaît, et de vous se réclame,
Accourez donc. — Roch arrive : pourquoi
Me déranger, et que veut-on de moi ?
La belle expose en tremblant sa requête.
Roch l'interrompt, et d'un ton malhonnête :
— C'est bon... c'est bon... que faisiez-vous là-bas ?
Votre métier ? — Mon art était la danse.
Je m'appliquais à former en cadence,
A dessiner mes mouvemens, mes pas ;
Pour mon pays, ces jeux ont des appas ;
Et chaque soir, sur un brillant théâtre,
Aux yeux ravis d'un public idolâtre,
Je figurais, dans un ballet charmant,
Tantôt la reine, et tantôt la bergère ;
On s'enivrait de ma danse légère :
Le magistrat, le guerrier, le savant,
La fille assise à côté de sa mère,
Venaient goûter un plaisir élégant.
— Fi ! reprit Roch, fi ! quelle extravagance !

Je ne suis point ami de l'élégance,

Je suis grossier et dur et sans pitié,

A Montpellier, né de parens honnêtes,

Pouvant jouir de la société,

De ses douceurs, j'allais parmi les bêtes,

Au fond des bois, vivre seul, ennuyé,

Ayant un chien pour mon valet de pié;

Sur un fumier je mourus de la peste,

Et vous venez d'un air pimpant et leste,

M'importuner de ballets, de plaisirs!

La danse! ô ciel! rien n'est plus immodeste.

Puisqu'à ces jeux vous perdiez vos loisirs,

Soyez damnée, et sans miséricorde.

Allez vous-en; que mon chien ne vous morde.

— Pierre rougit de ce discours brutal.

Consolez-vous, dit l'indulgent apôtre;

Quand par hasard un saint nous veut du mal,

On peut souvent être aidé par un autre.

Adressons-nous au complaisant Thomas,

Qui, par bonheur, demeure à quatre pas.

—Pierre l'appelle et lui conte l'affaire.

Thomas sourit: On peut vous satisfaire...

Très-volontiers... je veux vous dire un mot;

Eloignons-nous, ma belle enfant, pour cause,

Et parlons bas: ce saint Roch est un sot,

Un triste fou que la joie indispose,

Qui n'a rien lu , qui ne sait pas grand'chose ,
Cela croit tout ; moi je suis S. Thomas ;
A moins de voir, je dis : Je ne crois pas.
Fort aisément je croirai , par exemple ,
Que vous laissez là-bas bien des regrets ;
Ces traits charmans qu'ici mon œil contemple ,
Un peu changés , ont encor tant d'attraits !
Je vois des pieds , je vois des mains charmantes ,
Et qui devaient être bien caressantes ;
Elles étaient libérales aussi ,
J'en suis certain. Or, pour entrer ici ,
C'est un grand point , un point cher aux apôtres ;
Il faut toujours payer avec nous autres ,
Vous le savez.—Eh bien ! s'il est ainsi ,
Laissons l'emphase et les complimens fades ,
Reprit la belle, et soixante louis
Que mes amis , mes braves camarades
Vous donneront...—Ces mots à peine ouïs ,
Thomas ouvrait de grands yeux réjouis.
—Aux saints canons dès que l'on est soumise ,
Chez nous, dit-il, on est sans peine admise.
Venez, venez.—Pierre les introduit ,
Thomas s'avance , et Chameroy le suit.
Elle entre au ciel , son air touchant, modeste ,
Charme soudain toute la cour céleste.
Le bon patron avec ardeur la sert ,

Vite il s'empresse ; il arrange un concert.
Le roi David avec sainte Cécile ,
Font résonner une corde docile ;
On exécute un genre italien ,
Une sonnate , et monsieur saint Julien ,
Grand ménestrel et racleur de campagne ,
D'un coup d'archet très-fort les accompagne.
A leurs accords , notre belle dansa ;
Dieu la voyait , elle se surpassa :
Les chérubins , les anges , les archanges
Étaient ravis , la comblaient de louanges.
Le roi David , danseur très-vigoureux ,
Quitta sa harpe , on eut un pas de deux
Vraiment divin ; ce fut une soirée
Douce , rapide , au plaisir consacrée :
On s'amusa comme des bien-heureux ;
Et le ballet , goûté des trois personnes ,
Trompa du ciel les longueurs monotones.
La Sainte Vierge , au moins de temps en temps ,
Dit qu'il faudrait avoir ces passe-temps ,
Bal , opéra , concert ou comédie.
Le Saint-Esprit , qui veut plaire à Marie ,
Prend la parole : — « Elus du paradis ,
Voilà pourtant ce que la barbarie ,
Un zèle faux repousse , excommunie !
De ces talens par vous même applaudis ,

Vous jouissez, vous sentez tout le prix !
Vous les aimez ! ce Roch veut qu'on les damne !
Assurément ce Roch est un profane ;
Mais la beauté, les talens sont sacrés ;
Bien avant nous, ils étaient adorés :
Vous le savez, vous avez lu l'histoire.
Et nos plaisirs, des arts les favoris,
Chers aux mortels, chez nous seraient proscrits ?
Non, non, jamais... » Aux auditeurs ravis
Le mouvement parut très-oratoire.
Le Saint-Esprit gagna tous les esprits.
Décret soudain conforme à son avis.
On ajouta, pour lever tout scrupule,
Qu'on en ferait rendre à Rome une bulle.

O vous, soutiens de ce bel Opéra,
Vous que sur terre on fête, on préconise,
Qu'on applaudit et qu'on applaudira
En attendant que l'on vous canonise,
Taglioni, Vestris *et cætera,*
Troupe élégante, aimable, bien apprise,
Vous voilà donc en paix avec l'Église !
En paradis chacun de vous ira ;
Mais que ce soit le plus tard qu'il pourra.

Saint Roch.

Frère, très-cher frère Thomas,
J'en suis certain, tu n'y crois pas,
J'aurais banni de mon église,
Une actrice qu'on préconise,
Lors qu'à mes côtés, dans les cieux,
Je brûlais de la voir admise !
De mon curé, de sa sottise,
Je suis responsable à vos yeux !
Oh ! de ce trait injurieux
Tout de bon je me formalise ;
Et je vais d'un ton sérieux
Venger ma gloire compromise
Par un pamphlet ingénieux,
Qui charme un public curieux
De voir un saint qu'on timpanise.
O vous qu'Apollon favorise,

Pourquoi d'un talent précieux
Faites-vous un si triste usage ?
Cent fois en lisant votre ouvrage,
De très-bon cœur je l'ai maudit,
Et j'ai bien prévu que l'esprit
Dont il pétille à chaque page,
Chez un peuple moqueur, volage,
Aurait un bien plus grand crédit,
Que tout le mal que m'en ont dit
Les dévots dans leur sainte rage.
Ainsi donc d'après cet écrit,
J'étais un rustre, un vrai sauvage.
Du monde évitant les attraits ,
Sans cesse errant dans les forêts ,
D'un loup-garou j'étais l'image.
Mais, répondez , avais-je tort ?
Eh ! quel aspect m'offrait la ville !
Le faible opprimé par le fort,
L'intérêt, la crainte servile ,
Et la bassesse, affreux reptile,
Qui tour à tour caresse et mord.
Au moins dans mon champêtre asyle ,
Je trouvais la tranquillité ;
De mon chien sans cesse escorté ,
L'aimant, étant aimé de même ,
En lui, de la fidélité

Je découvrais l'heureux emblême.
Mais le point qui, sans contredit,
Dans cet indévot badinage,
Me fait le plus mortel dépit,
C'est d'y figurer comme un sage.
Mon frère, de ce dernier outrage,
Je me sens piqué jusqu'au vif;
Sachez qu'aux plaisirs du bel âge,
Bien loin de me montrer rétif,
J'ai trop souvent donné motif
Au tendre père de famille,
De veiller de près sur sa fille.
N'est-ce donc qu'aux grandes cités
Que l'amour fait sa résidence?
L'Hérault, le Gard et la Durance,
M'offraient sur leurs bords enchantés,
De plus ravissantes beautés
Que tous les palais de la France;
Non que je veuille en parler mal,
Ni que mon cœur les mésestime,
Mais un tendron d'Arles ou de Nisme
Vaut bien ceux du Palais-Royal.

Or, j'ai mon histoire à vous faire :
Elle est courte, écoutez-la bien :
Souvent à la jeune bergère
Qui n'a qu'un troupeau pour tout bien,

Un hermite, aidé par son chien,
Offre un appui bien salutaire.
Des loups cruels et ravissans,
On connaît l'allure ordinaire ;
Manger des moutons innocens,
Est pour eux la plus douce affaire.
Les chasser, c'était mon devoir.
Avec quelle ardeur et quel zèle,
Précédé de mon chien fidèle,
Je trompai leur cruel espoir !
Aux yeux des loups comme on peut voir,
J'acquis une gloire immortelle.
Lorsqu'enfin j'avais du bercail
Éloigné la bête cruelle,
Je venais chez ma pastourelle
M'occuper d'un plus doux travail.
Alors, plein d'une ardeur nouvelle,
Je... je... mais sans plus de détail,
Non moins qu'un Turc dans son sérail,
Je me trouvais heureux près d'elle.
De ces utiles passe-temps
Je faisais mon unique étude :
Hélas ! cette douce habitude
S'affaiblissait avec le temps,
Et je sentis encor long-temps
Qu'obliger femme de vingt ans,

Est parfois un métier fort rude.
On a beau vouloir regimber,
Il faut bien enfin succomber,
Et je mourus... de lassitude.

  Or, maintenant, pleurez, mon fils,
D'avoir plaisanté ma personne,
Et convenez que je raisonne
Mieux qu'aucun saint du paradis.
A ce prix-là, je vous pardonne,
De si bon cœur tous vos écrits,
Que, dussé-je me voir confondre,
Je me joins à tous vos amis
Pour vous forcer à me répondre.

FIN.